KB231044

이한철의
사계절

이한철의 사계절

발행일   2026년 2월 20일

지은이   이한철   엮은이 이영인
펴낸이   손형국
펴낸곳   (주)북랩

출판등록   2004. 12. 1(제2012-000051호)
주소   서울특별시 금천구 가산디지털 1로 168, 우림라이온스밸리 B동 B111호, B113~115호
홈페이지   www.book.co.kr
전화번호   (02)2026-5777   팩스   (02)3159-9637

ISBN   979-11-7598-106-5 03810 (종이책)   979-11-7598-107-2 05810 (전자책)

잘못된 책은 구입한 곳에서 교환해드립니다.
이 책은 저작권법에 따라 보호받는 저작물이므로 무단 전재와 복제를 금합니다.
본 도서는 (주)북랩이 보유한 리코 인쇄 장비 등 자체 생산 인프라를 통해 제작되었습니다.

작가 연락처 문의 ▸ ask.book.co.kr
전용 게시판에 문의를 남기시면 저자에게 직접 전달됩니다.

(주)북랩 성공출판의 파트너
북랩 홈페이지와 SNS에서 다양한 출판 솔루션을 만나 보세요!
홈페이지 book.co.kr   •   **블로그** blog.naver.com/essaybook   •   **출판문의** text@book.co.kr
카톡채널 북랩

한 가장이 걸어온 여든 해의 삶

이한철의 사계절

이한철 지음

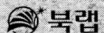 북랩

사랑의 메시지

성실과 인내, 그리고 책임 완수를 삶의 기준으로 살아오신 존경하는 장인어른께.

팔순을 맞아 삶의 여정을 한 권의 책으로 남기신 것을 진심으로 축하드립니다. 한 가정을 이끌어오신 가장으로서의 책임감, 고양시 장월이라는 한 지역사회 마을 주민들이 더 편안하고 평화롭게 살아갈 수 있도록 오랫동안 헌신해 오신 리더십이 이 자서전 안에 고스란히 담겨 있습니다.

어려움 속에서도 흔들리지 않았던 신념, 주변의 어려운 이들을 그냥 지나치지 않으셨던 따뜻한 마음가짐, 그리고 말없이 보여주신 실천적 사랑이 책 전반에 깊이 스며 있음을 느끼게 됩니다.

사위로서 장인어른의 삶을 가까이에서 지켜보며, 말보다 삶으로 가르쳐주신 지혜와 인내를 배울 수 있었음에 깊은 존경과 감사를 드립니다. 장인어른의 삶은 제게 늘 기준이 되었고, 지금도 많은 깨달음을 전해 주고 있으십니다.

앞으로의 날들에도 평안과 은혜가 늘 함께하시기를 소망하며 또 지금의 건강함을 오래도록 유지하시기를 마음 깊이 기도 드립니다.

감사합니다, 장인어른.

— 사위 허형무

아버지는 제게 높은 하늘이셨고,
어머니는 넓은 땅이셨습니다.
하늘과 땅의 가르침이 있었기에
오늘의 제가 있을 수 있었습니다.

아버지를 바라보며 떠오르는 말은
우리 집 가훈이기도 한 '성실'입니다.
정직함과 성실함으로 80년의 세월을 살아오신
아버지의 삶은 말이 아닌 가르침이 되었습니다.

살아오시는 동안 힘든 시기 참 많으셨지만
그럼에도 제게 늘 한없이 베풀어 주시고
아낌없이 내어주셨습니다.
이제 제가 자식을 키우는 입장이 되고 보니
그 사랑 앞에 부끄러움과 죄송함이 함께 밀려옵니다.

아버지의 땀 한 방울 한 방울이
지금의 우리 가족을 있게 했고,
어머니의 눈물 한 방울 한 방울이
오늘의 우리 가족을 지켜 주셨습니다.

이제라도 두 분께서 활짝 웃으시며
행복한 날들을 보내시기를 진심으로 바랍니다.

부모님의 크신 사랑과 희생을
당연한 것으로만 여겨 왔던 저의 철없음에
이제야 고개가 숙여지고
가슴이 내려앉습니다.

어느 것과도 비교할 수 없는 그 사랑 앞에
감사와 사랑의 마음만을 담아 이 글을 남깁니다.

항상 건강하시고
오랫동안 저희 곁에서 지켜봐 주세요.

가슴이 시리도록 아름다운 그 말.
아버지, 어머니. 존경하고 사랑합니다.

− 아들 이영남

근엄하고 단호한 모습 속에
늘 따듯함과 깊은 사랑을 지니고 계신
아버님을 떠올리면 말씀이 많지 않으셔도
그 안에 가족을 향한 배려와 책임감이
고스란히 담겨 있음을 느끼게 됩니다.

언제나 한 걸음 뒤에서
묵묵히 가족을 지켜 주시는 아버님의 모습은
제게 큰 든든함이었습니다.

실수도 잦고 늘 부족함이 많은 며느리인 저에게
아버님께서는 꾸짖음보다 기다림으로 대해주셨고,
흔들릴 때마다 기댈 수 있는
큰 버팀목이 되어 주셨습니다.

삶의 많은 우여곡절 속에서도
조용히 힘이 되어주시며 마음을 내어주셨던
아버님의 너그러움,
제게 오래도록 잊히지 않을 위로로 남아 있습니다.

아버님의 단단한 원칙과 따듯한 마음은
말로 가르치기보다 삶으로 보여주신 가르침이었습니다.

그 곁에서 저는 가족이란 무엇인지,
어른의 품이 얼마나 크고 깊은 힘이 되는지를
배울 수 있었습니다.

부족한 며느리임에도 한결같이 보내주신
믿음과 존중의 아버님 마음에
언제나 감사할 따름입니다.

아버님께서 보여주신 그 조용한 사랑과 너그러움은
앞으로도 우리 가족을 하나로 묶는
든든한 중심이 될 것이라 믿습니다.

항상 감사드리며, 아버님의 건강과 평안을
마음 깊이 기원합니다.

- 며느리 김선명

할아버지는 언제나 저를 반갑게 맞아 주시고,
말 한마디 한마디로 늘 응원해 주시는 분입니다.

그 존재만으로도 제게는 큰 힘이 되었고,
그 마음에 늘 감사함을 느낍니다.

외가에 갈 때마다
새벽에 일어나 이불을 털고
집 안을 정리하는 할아버지 모습을 보았습니다.
그 모습을 보며 부지런함이 무엇인지 배웠습니다.

말로 설명하지 않으셔도
늘 성실함으로 가득 차 있는
할아버지의 모습이 저는 참 멋있다고 느꼈습니다.

저도 할아버지처럼 부지런하게 살아가고 싶습니다.

나만을 위한 삶이 아니라
누군가를 돌아볼 수 있는 여유를 지닌 사람,
남에게 기꺼이 마음을 내어주고
베풀 수 있는 사람으로 자라고 싶습니다.

할아버지의 삶이 제 인생의 기준이자,
오래도록 따라가고 싶은 길임을
이 글에 담아 전합니다.

사랑합니다, 할아버지.

- 손자 허중현

편지를 쓰기 전,
할아버지와 함께했던 경험을 떠올려 보니
추억이 많지는 않은 것 같더라고요.

그래서 이 편지를 쓰면서
하나의 다짐을 해 보게 됩니다.
"꼭 지금부터는 할아버지와 함께
추억을 쌓아가기"로요.

그동안 제가 본 할아버지는
늘 가족을 위해 바쁘게 살아오셨고,
손자와 손녀, 가족들뿐 아니라
주변의 많은 사람들에게도
아끼지 않고 베풀어 오신 분이었습니다.

할아버지 모습을 닮아
이제는 제가 더 크게, 더 많이 베풀고 싶다는
마음이 생겼어요.

사실 요즘 이런 생각이 듭니다.
"앞으로는 더 많은 시간 함께하며
웃으며 살아가고 싶다"는 마음입니다.

할아버지가 더 연로해지시기 전에,
가까운 곳이라도 함께 여행을 다니고 싶어요.
저 곧 운전면허를 딸 예정이거든요.
차를 타고 도란도란 이야기를 나누는 것만으로도
충분히 좋을 것 같아요.
할아버지는 조수석에서 창밖을 바라보시며
살아오신 이야기 조금만 해주시면 돼요.

저는 그 말씀을 하나도 놓치지 않고 옆에서 들을게요.
제게 할아버지는 배울 것이 참 많은 분이니까요.

그런 하루하루가 쌓이면
제게는 아주 오래 기억에 남고 큰 도움이 될 거예요.

할아버지는 늘 더 주고, 더 챙기고,
괜찮다고 하시면서도 모든 일을 앞장서서
이끄는 분이셨습니다.

그런 할아버지 곁에서 자란
나의 엄마와 친구처럼 잘 지내며,
또 할아버지께서 선택하신 엄마의 짝인
나의 아빠 덕분에 저는 더없이 행복하고

엄청난 사랑을 받으며 자랄 수 있었습니다.
그 모든 것에 진심으로 감사드립니다.

앞으로의 삶에는 손녀와 함께한
추억의 시간이 많아지기를 기대하며
앞으로도 곁에서 많이 응원하겠습니다.
오래오래 저희 곁에 계셔주세요.

사랑해요, 할아버지.

- 손녀 허수연

할아버지께서는 우리 가족의
탄탄한 기반이 되어 주시는 분이라고 말하는 것이
가장 잘 어울립니다.

할아버지 댁에 가면
언제나 가족 한 사람 한 사람에게 힘이 되어 주시고,
마음에 오래 남는 말씀을 들려주십니다.

특히 학생인 제게 할아버지의 말씀은
단순한 조언을 넘어, 제 미래와 진로를 더 진지하고
구체적으로 고민하게 만드는 계기가 되었습니다.
그 말씀들 덕분에 저는 제 삶을 어떻게 살아가야 할지
조금씩 생각해 보게 되었습니다.

항상 묵묵히 가족을 지지해 주시는
할아버지의 존재가 있어,
우리 가족이 흔들리지 않고
설 수 있었다고 생각합니다.
그런 할아버지께 감사한 마음을 전합니다.

사랑해요, 할아버지.

- 손녀 이희연

나는 늘 앞에 서 있던 사람은 아니었다.

다만 주어진 자리에서 물러서지 않으려 애썼고,
맡겨진 일 앞에서 책임을 피하지 않으려 했다.
그 과정에서 크고 작은 일들이 쌓였고
그 축적은 개인의 경험을 넘어 공동체와
다음 세대에 남길 수 있는 결과로 이어졌다.

80년 이만큼 살아보니
기쁜 일도 슬픈 일도 참으로 많았다.
그동안의 시간을 동고동락하며
내 곁에 함께해 준
소중하고 고마운 분들이 참으로 많다.
한 분 한 분에게 이 공간을 빌어
고마운 마음을 전하고 싶다.

- 이한철

차례

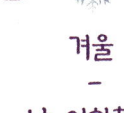

봄

어린 시절과 부모님

6.25, 그리고 할머니와 함께

1950년, 6.25 전쟁이 일어났을 때
내 나이는 네 살이었다.

할머니가 거동을 하지 못한 채
집에 누워 계셨다.
전쟁 통에 모두가 피난을 가야 하는 상황이었지만,
나는 어린 나이였음에도
할머니를 혼자 두고 갈 수 없었다.

내가 먼저 나서서
할머니와 함께 집에 남겠다고 했다.
다른 식구들은 집 근처 동네로 피난을 갔다.

얼마 지나지 않아
중공군들이 우리 집에 들이닥쳤다.
내가 어려서였는지 그들은 나를 해코지하지 않았다.
오히려 맛있는 과자와 초콜릿을 주었고,
그것을 먹었던 기억이 아직도 남아 있다.

그들은 소를 잡아먹으며
우리 집에서 잠시 쉬어 가다가 떠났다.

조금만 더 컸더라면
아마 몹시 무서웠을 것이다.
그러나 그때의 나는
무섭지 않았다.

어린 시절

나는 송포초등학교 22회 졸업했고,
중학교는 송포중학원을 나왔다.
고등학교에는 진학하지 못했고,
고등부 대성학원을 2년간 수료했다.

가수가 되고 싶다는 꿈이 있었다.
시험에 합격하기도 했지만
그 꿈을 이어갈 수는 없었다.
집안 형편이 너무 어려웠기 때문이다.
결국 꿈을 내려놓고
농사일에만 전념해야 했다.

어린 시절,
장난감 내기, 성냥개비 따먹기, 딱지치기,

구슬치기, 자치기, 썰매 타기와 스케이트 타기까지
친구들과 어울려 즐기던 놀이가 떠오른다.

어린 시절을 떠올리면
크게 행복했다고 말할 만한 기억은 많지 않다.

그럼에도 이상하게도
배고픔을 모르고 살았던 것 같다.

열일곱 살부터 농사일을 도우며
서로 품앗이해 가며 일했던 기억은
지금까지도 따뜻한 추억으로 남아 있다.

가장 기억에 남는 분은
8년 전에 고인이 되신
초등학교 담임 선생님, 안석진 선생님이다.
작은 체구였지만 운동신경이 좋았던 나를
운동선수로 키우려 부단히 애써주신
참으로 고마운 분이다.

하지만 시골의 삶은
너무도 버거웠고,
하고 싶은 일들을
꿈으로조차 꾸기 어려웠다.

아버지가 돌아가시며

나의 아버지는
가족을 챙기기보다
외부 손님들과 동네 분들을 돌보며 살아오셨다.

그로 인해 우리 가족은
경제적으로 참 힘든 시간을 보내야 했다.

그 시절,
어머니는 손님들을 접대하느라
부엌에서 잠시 눈을 붙일 때가 많았다.
그 모습이 아직도 기억에 선명하다.

그런 아버지는

동네일을 맡아보시며 평생을 사셨지만
한 평의 땅도 변변한 재산도 남기지 못한 채
세상을 떠나셨다.
그때 내 나이는 열두 살이었다.

큰형님은 덕수상고에 재학 중이었으나
졸업도 하지 못하고
집으로 돌아와야 했다.

형님은 동리 지역을 다니며
빚 장부를 들고 사정을 했지만
결국 믿어주고 들어주는 사람은 아무도 없었다.

모든 책임이 아버지에게 전가되었다는
억울한 이야기를 접했지만,
어린 나이의 나는
아무것도 할 수 없는 속수무책의 상태였다.

그러던 중,
내가 열두 살 때
우리 집에 화재가 일어났다.
숟가락 하나 건지지 못한 채
모든 것이 전소되었다.

우리는 큰아버님댁 뚝방 아래에 있던
하꼬방 같은 집에서
온 식구가 함께 살아야 했다.

이후 십여 년에 걸쳐
빚을 갚아 나가는 과정에서
형님은 결혼을 하게 되었다.

형님과 형수님은
제대로 된 결혼식조차 올리지 못한 채
집 마당에 물 한 그릇만 떠 놓고
조용히 혼례를 치르며
신혼을 시작하였다.

우리 가정이
이만큼 다시 일어날 수 있었던 것은
형님과 형수님의 노고가 컸다.

나에게 두 분은
부모님보다 더 존경하는 분들이다.

어머니의 죽음

스물한 살에 처음 영장이 나왔다.
이유는 알 수 없었지만 취소되었고,
스물세 살에 다시 영장을 받아 군에 입대했다.
그 당시로는 늦은 입대였다.

어머니의 병세가 많이 위중해
혹시라도 돌아가실 수 있는 상황이었기에
주변에서는 입대를 조금 더 미루는 것이
좋겠다고 말했다.

그러나 이미 한 차례 연기가 되었던 터라
나는 더 미룰 수 없었고
결국 군에 입대할 수밖에 없었다.

훈련을 받던 중,
입대한 지 스무날 째 되던 날
어머니께서 돌아가셨다.

그러나 그 사실은
돌아가신 지 사흘이 지나서야
내게 전해졌다.

그 소식을 늦게 전한
30년 차 인사계 간부에게
나는 철제 의자를 휘둘렀고,
그로 인해 그의 어깨가 부러지는 상황이 벌어졌다.

어머니의 죽음을
그렇게 늦게 알게 된
속상함과 분노, 슬픔을
나는 그 방법 말고는
표현할 길이 없었다.

그렇게 나는
어머니께 마지막 인사조차 드리지 못했다.

그 아픔은
지금까지도 내 마음 한편에
아리게 남아 있다.

내가 기억하는 아버지와 어머니

나의 어머니는
참 많이 아프셨다.
그 기억이 지금도 또렷하다.

어머니를 낫게 하고 싶은 마음에
강화도로 배를 타고 건너가
약을 지으러 다녔던 기억이 있다.

그 시절은 미신이 깊게 남아 있던 시대였다.
인왕산의 보살님께 수백 번 절을 하면
소원이 이루어진다는 말을 믿고
그곳을 찾아가 절을 올리기도 했고,
그곳의 물을 떠 오기도 했다.

어머니를 낫게 할 수만 있다면
나는 무엇이든 할 수 있을 것 같았다.

그 당시 해병대의 권세는
참으로 대단했다.

이장직을 맡고 있던 아버지는
동네의 사소한 일들까지도
해병대에 보고해야 하는 상황에 놓여 계셨다.

어느 날,
보고를 하지 않았다는 이유로
해병대 분대장이 우리 집에 찾아와

아버지를 때리는 장면을
나는 눈앞에서 보게 되었다.

그 순간 분노가 치밀어 올라
나는 작대기를 들고
그 분대장을 때렸다.

그 일로 인해
나는 아버지에게
호되게 맞아야 했다.

하지만 지금에 이르러서도
그 선택을 후회하지 않는다.

나는 불의를 보면 참지 못하는 사람이다.
특히 아프고 연약한 이를 보면
그냥 지나치지 못한다.

하물며 내 가족,
그중에서도 어머니가 병들어 있었고
아버지가 맞고 계셨는데
어찌 가만히 보고만 있을 수 있었겠는가.

지금 다시
그와 같은 상황이 벌어진다 해도
나의 선택은
그때와 다르지 않았을 것이다.

여름

신혼과 청춘

아내와의 만남과 결혼

내 아내는 8남매 중 넷째이다.
영특하고 지혜로운 내 아내는
집안 형편이 조금만 더 나았더라면
고등교육까지 받았으면 좋았을 사람이다.

그러나 가난한 가정에서 태어나
중학교만 졸업한 뒤 수색에 살며
반도체 회사 시그네틱스에 입사했다.

야근을 마다하지 않고 일하며
적지 않은 돈을 벌어 부모님의 짐을 덜어드렸고,
공부에 열정이 있던 동생들의 학업을
묵묵히 뒷바라지했다.

어려운 환경 속에서도
직장 생활을 이어가며
동생들을 책임지던 그 헌신적인 모습에
나는 마음이 끌렸고,
그 사람과 결혼을 결심하게 되었다.

보고 싶은 마음에
수색을 자주 찾아가 데이트하던 기억이
지금도 떠올리면
설렘으로 다가온다.

함께 살아보니
내 아내의 헌신과 내조,
그리고 자녀를 향한 사랑은

그야말로 일등감이다.

그런 성품을 지닌
사랑스러운 아내.

내가 이만큼 살아올 수 있었던 것도
모두 고마운 아내 덕분이다.

형이 마련해 준 생애 최초의 나의 집

아버지가 빚을 지고 집을 떠나신 뒤,
형님은 그 빚을 갚느라 많은 고생을 했다.

긴 시간 동안 하나하나 빚을 정리하며
결국 7,000평의 땅도 모두 되찾게 되었고,
그 과정에서 형님과 형수님의 노고는
말로 다 할 수 없을 만큼 컸다.

그런데 그 귀한 땅을
나와 동생이 결혼할 때
조금씩 나누어 주셨다.

지금 생각해도
부모님이라 한들
과연 그렇게 할 수 있었을까 싶을 만큼
감사한 마음이 차오른다.

내 생애 최초의 신혼집.
형님 덕분에
우리는 그렇게 신혼을 시작했다.

동광탕 5호 방

결혼하고 신혼 초 3년 동안
나는 화투 노름에 빠져 살았다.

가을 추수를 마치고
농사지은 값을 받게 되면
그 돈을 들고 동광탕 5호 방으로 향했다.
그곳은 내가 화투를 치던 곳이었다.

어느 날, 가진 돈이 모자라
형님을 찾아가 30만 원을 빌려달라고 했다.

이미 아내에게 속사정을 들은 터라
형님은 내가 무엇을 하고 있는지 알고 계셨다.

큰소리 한번 치지 않으시고
형님은 짧고 굵게 말씀하셨다.

"난 믿는다.
내 동생은 이런 거 할 사람이 아닌 줄 안다.
이젠 그만했으면 좋겠다."

그리고는 30만 원을 단번에 내어주셨다.

나는 그 돈을 가지고
또다시 노름을 했다.
그리고 한 번에 모두 잃었다.

그날은 이전과 달랐다.
동광탕 다른 호실에 들어가 잠을 청하는데
아버지 연세쯤 되어 보이는
노름계의 대부가
30만 원을 들고 찾아왔다.

그는 내게 이렇게 말했다.

"넌 이런 거 할 놈이 아니다.
다시는 이곳에 발 들이지 마라.
다시 오면 가만두지 않겠다."

나중에야 알게 된 일이지만,
아내는 밤새 노름하느라 들어오지 않는 남편 때문에

마음고생을 정말 많이 했다고 한다.

형님을 찾아가
"동생 좀 살려 달라"며
울며 매달린 적도 한두 번이 아니었다고 했다.

나의 형님과
노름계 대부 조남진 형님,
그리고 나의 아내가
나를 살렸다.

내 아내가 얼마나 마음고생을 했을지
지금 생각해도
정말 많이 미안하다.

더욱이 형님과 형수님께
걱정을 끼쳐드린 것이
가장 큰 후회로 남아 있다.

사랑하는 아들딸의 탄생

겨울이면 방 안에 얼음이 얼 정도로
살림살이는 참으로 열악했다.

그런 환경 속에서
영인이와 영남이를 낳아 키웠다.

아이들이 태어났을 때의 기쁨은
마치 나 혼자만
세상에서 가장 큰 선물을 받은 듯한 기분이었다.

그 순간부터
무엇이든 부족하지 않게 해주고 싶다는 생각뿐이었다.

형편은 넉넉하지 않았지만
각종 전자제품이며
종합 선물 세트라도 하나 사올 때면
영인이와 영남이는
그 무엇보다도 크게 기뻐했다.

그 웃는 얼굴을 보는 것이
내게는 가장 큰 보상이었다.

사람들에게 베풀고 나누는 것을 좋아하는 성품은
아들 영남이가 나를 많이 닮았다.

종합 선물 세트를 사오면

다음 날이면 어김없이
동네 형들과 친구들에게 나눠주느라 바빴다.

반면에 딸 영인이는 욕심이 있는 편이라
그런 동생을 혼내기도 했다.

하지만 그런 성향 덕분에
자기 몫의 책임은 분명했다.

학창 시절
상을 받을 수 있는 것은 모조리 받을 만큼
똑 부러지게 자신의 할 일을 해내던 딸이었다.

어려운 살림 가운데서도
두 아이 모두를
대학 졸업까지 가르칠 수 있었던 것,
그 사실 하나만으로도
지금 돌아보면
감사하지 않을 수 없다.

아이들의 탄생은
내 인생에 있어
가장 큰 기쁨이었고,
가장 무거운 책임이었으며,
끝내 가장 큰 감사로 남아 있다.

장월부락을 사랑한 나

군 제대 직후, 내 나이 26살 즈음.
동네에 전기가 들어오지 않아 전기사업을 위해
각 동네 위원장이 만들어졌고,
노루뫼 양재찬 대위원님이 나를 지목하여
그 전기사업을 같이 운영하게 되었다.

송포 5개 부락 전기사업을 2년 만에 점화식까지
무사히 마치면서
5개 부락 주민으로부터 큰 호평을 받았다.

그 이듬해 결혼을 하고,
32세 되던 해 동리 이장직을 맡으면서
1978년부터 1998년까지 21년 동안
그 어려운 동네를 조금이라도

잘 살게 하고 싶은 마음으로 여러 일을 추진했다.

첫째, 한강 하천 부지를 비롯한
개발 관련 일을 순조롭게 처리했다.

둘째, 동네에 경로당이 없어
우리 집터에 방공호를 개조하여
그 위에 20평 규모의 경로당 건물을 올렸다.

경로당 터는 동네에 기증을 하고,
건축비용은 군청으로부터 100% 지원받아
건물을 올렸다.

셋째, 동네에 수돗물이 없었다.
우물도 4군데뿐이었고,
주민들은 1.5㎞ 떨어진 한강이나 연못에서
물을 길어와 자갈과 모래로 정수해 사용했다.

그래서 상수도 사업을 심학산 산남에서 시작하였다.
관정을 다섯 군데 선정했으나 실패하였고,
동네 회관 앞에서도 실패했다.
그러다 다시 노루뫼 관정에서 800m 떨어진
수노루 동네에서 성공했다.

탑골 거그매를 거쳐 우리 동네까지 물을 끌어오는데
2년여의 공사 끝에 성공하여
맑은 심학산 물을 주민들이 마시게 되었고,

동네 생긴 이래 최고의 경사라고
환호성이 터져 나왔다.
지금도 그 생각만 하면 기쁨의 눈물이 나온다.

이 어려운 공사는 동리 주민 전체가
합심 단결하여 완공한 결과였다.

그러나 1990년 9월 12일,
예기치 못한 홍수로 한강 제방이 붕괴하면서
고양군 전체, 그중에서도
신평리부터 우리 동네까지 물바다가 되어
2년 동안 비참한 고생을 겪었다.

식량과 구조품을 받으며,
한 팀은 송포초등학교에서
다른 한 팀은 심학초등학교에서
일부는 동네 제방에서 피신을 하며 지냈다.

정말 다시는 못 살 줄 알았다.
온 주민들이 가장 힘든 시기를 보냈다고 생각한다.

회복이 된 뒤 몇 년 후,
일산 신도시가 조성되었다.

넷째, 경지정리를 시작하여
우리 동네는 국유지 하천부지가 많았으나

실경작자들이 원만하게 농사짓도록 처리하여
이의 없이 해결했다.

다섯째, 자유로가 개통되면서
우리 동네 진입로가 우마차 길이었지만
직접 건설부 이수국장을 만나
3분도 안 되는 시간에 건의한 결과
오르내리는 진출입로가 개설되어
지금 서울과 파주를 편하게 오르내릴 수 있다.

여섯째, 노인 건강을 위해
게이트볼을 최초로 고양군에 창설하고
각종 우승은 물론 전국 우승 2회에 걸쳐
건강 증진에 기여했다.

불편한 것을 보면 참지 못하고,
마음먹은 일이면 바로 추진하는 나의 성격 덕분에
장월부락을 조금 더 살기 좋은 동네로 만드는 데
선한 영향을 끼칠 수 있었다.

하지만 이 모든 것이
나 혼자 힘으로 가능했던 것은 아니다.
부족한 나를 1978년부터 1998년까지
지도해주신 모든 분,
특히 고인이 되신 유호영 어르신,
채기용 어르신께 명복을 빌고,
생존해 계신 우승환 형님께 감사 인사를 드리고 싶다.

또한 현재까지 21년 동안 동고동락한 벗들,

지금 고인이 된 김수연, 김정웅, 최상설,

홍종록, 우준환, 이경운, 김환년, 김주갑을 비롯하여

이종혁, 이천덕, 이영무, 한연수, 김충기,

소원일, 유정환, 박철수, 김주덕, 서경주,

임종운, 조동호, 이경철, 양재영, 홍순광,

송정용, 정규범, 박노선, 유영철, 이상기,

유영호, 윤선덕, 김기철, 김기연, 김기운,

최재학, 여러 선후배 내외분,

부녀회원 청년회원 모든 분께

감사 인사를 드린다.

가을

내 인생에 찾아온 손님들

소중한 아내의 대수술과 건강 악화

내 아내를 생각하면
눈물이 앞을 가릴 만큼
가슴 깊은 곳에서 먹먹함이 올라온다.

잘해주지 못한 기억들만
자꾸 마음에 남는다.

어려서 묘판을 머리에 이고
나를 도와주고,
내가 동네일을 보면
수많은 사람에게 밥을 해주고
손님들 식사와 술자리를 챙기느라
아내는 늘 부엌을 떠나지 못했다.

어린 시절 어머니의 그런 모습을 보며
마음이 아팠는데,
나는 결국
나의 아내에게도
같은 길을 걷게 하고 말았다.

동네에 소식을 알릴 때
방송을 맡아 하던 아내의 목소리는
사람들이 아나운서 같다고 할 만큼
참으로 곱고 이뻤다.

그 목소리가
우리 마을의 소식이었고
사람들을 이어주는 다리였다.

그런 아내가
쉰이 되기도 전에
자궁근종 수술로
자궁과 난소를 들어내는
큰 수술을 감당해야 했다.

그 이후의 고생이 쌓인 탓인지
지금은 심한 퇴행성관절염으로
손이 많이 아프고
일상조차 불편한 상태다.

그럼에도 불구하고
아내는 여전히
나를 향해 지극정성으로 내조하고

아이들에게는 변함없는 사랑으로 헌신하며
형제들을 챙기고
주변에 아프고 힘겨운 이들을 보면
아낌없이 베풀며 살아간다.

그런 아내가 고맙고
한편으로는
그토록 많은 고생을 시킨 것이
마음에 남아
지금도 가슴이 아프다.

사랑하는 아들 영남이의 방황

영남이는 전기공학 전문대를 졸업했다.
이후 필립전기에 다니던 중
그 일이 자신과 맞지 않는다며
개인사업을 해보고 싶다는 뜻을 내비쳤다.

그때만 해도
집안의 경제 형편이 비교적 여유가 있었기에
나는 아들이 하고 싶다는 일,
장미농원 사업을 지원해 주고 싶었다.

그러나 경험이 부족했던 탓일까.
사업은 생각처럼 풀리지 않았다.

자금이 점점 부족해지면서
아들이 방황의 시기를 겪게 되었다.

그 부족한 자금을 메우기 위해
땅까지 팔아야 했던 시간
그 시절은 지금 돌아보아도
내게 가장 아픈 기억으로 남아 있다.

아버지가 빚을 진 채 돌아가셨던 일이
내 인생의 가장 큰 상처였는데
그 기억이 아직도 내 안에 남아 있는 상태에서
아들의 방황과 그로 인한 경제적 손실은
심적으로 참으로 감당하기 어려운 일이었다.

그 힘든 시간 동안
나와 아내도 많이 지쳤지만
무엇보다
사랑하는 아내 며느리 선명이는
얼마나 더 힘들었을까 하는 생각이
지금도 마음을 아프게 한다.

그럼에도 불구하고
지금까지 곁을 지키고 있는 선명이가
참으로 고맙다.

결국 사업을 정리하고
지금은 장미농원을 건설하는 일을 하고 있다.

덥고 추운 날이면
밖에서 일하는 아들을 떠올릴 때마다
마음이 저며 온다.

그래도 지금 하는 일을
자신의 천직으로 알고
묵묵히 일해 가는 아들의 모습이
그저 대견할 뿐이다.

사랑하는 딸 영인이의 암

2021년 7월,
영인이에게 생각지도 못한 소식이 전해졌다

자궁근종인 줄 알고 수술했는데
진단은 자궁육종암이었다.

어렸을 때부터
내게 희망이었고 자랑이었던 딸의 암 소식은
나를 한순간에 무너뜨렸다.
억장이 무너질 만큼 힘겨운 시간이었다.

다행히도
암이 자궁 안에만 국한되어 있어

1기 판정을 받았고,
영인이는 하나님을 만나
평안한 마음으로
지금 5년 차, 건강하게 잘 지내고 있다.

딸을 통해 배운다.
그 큰일을 겪고도
담담하고 평안하게 살아가는 모습이
그저 대견하기만 하다.

사위를 통해서도 배운다.
곁에서 한결같이
딸 영인이를 사랑해주는 모습이
참으로 고맙다.

나는 형님의 말이면
부모의 말로 여기며 살아왔다.
무슨 말이든 순종하며 따르는 것이
내 삶의 방식이었다.

그런 내가
처음으로 형님의 뜻에 거스르는 선택을 하게 되었다.

영인이를 낫게 해야겠다는
간절한 마음 때문이었다.

제사를 지내지 않고
하나님을 믿는 아내와 영인이를 따라

제사 대신 예배를 드리기로 했다.

나의 선택을 받아들여 주고
말없이 이해해 준 형님에게
지금도 깊은 감사를 전한다.

보석 같은 손주들의 탄생

처가 형제들과 제주 여행 중
딸 영인이가 아이를 낳았다는 소식이 전해졌다.

아직 아이를 낳기에는 두 달 정도가 남았는데,
조산을 한 것이었다.

32주 1.5kg 미숙아로
첫 손주 중현이를 세상에 안겼다.

급하게 제주에서
영인이가 입원해있는
수원 아주대병원으로 달려왔다.

눈물이 하염없이 흘렀다.
그렇게 작게 태어난 중현이는
지금 건강한 체구로 잘 살아가고 있다.

그리고 4년 뒤
둘째 손녀 수연이가 건강하게 태어났다.

훗날 제과제빵의 명장이 되겠다는 포부로
올해 제과제빵 학과에 입학했다.

또 2년 뒤,
나의 친손녀 희연이가 건강하게 태어났다.

．

참으로 영특하고, 나와 닮은 구석이 많은 희연이는
어느 자리에 가서든 자신의 생각을 똑 부러지게
표현하는 손녀이다.
나라에서 귀하게 쓰임 받길 소망한다.

그 어떤 것과도 바꿀 수 없는
나의 사랑하는 손주들.

서로를 위로하며,
각자 주어진 자리에서 성실하게 살아가고,
리더로 살아가길 바라는 것이
할아버지의 간절한 바람이다.

겨울

나, 이한철은 누구인가

내 인생에 고마운 사람들

아버지가 남기고 간 빚을 어렵게 갚고
그 힘든 과정에서 결혼할 때 살림을 내주신
나의 형님과 형수님이 참으로 고맙다.

그것이 기반이 되었기에
지금 이만큼 살 수 있었다.

또 화투 노름으로 후회되는 시간 속에서
묵묵히 나를 믿어주고 기다려주신 형님의 모습은
평생 잊지 못한다.

그때 형님이 계시지 않았다면
나는 아마 이 세상에 없는 사람일지도 모른다.

그리고 힘든 50년의 결혼생활 동안
곁에서 함께해 준 나의 아내,
나의 동생과 제수씨, 재영이 내외가
참으로 고맙다.

나는 누구인가

나는 아들딸을 낳아 제일 행복했고,
지금까지 다른 이들에게 존경받을 때가 가장 행복하다.

힘든 시간을 떠올린다면
결혼 후 계속 승승장구하며 살아왔지만
큰 손주 중현이가 미숙아로 힘들게 태어났을 때와
영남이가 장미농장 사업 실패로 경제적으로 힘들고
방황하는 모습을 볼 때가 가장 힘들었던 시간이다.

영인이의 암 소식도 힘들었지만
그럼에도 불구하고 잘 살아내고 있으니
그것은 오히려 축복으로 생각한다.

난 외적으로는 굉장히 강해 보이지만
내면에는 약한 면도 있고
정도 많고 불의를 보면 참지를 못한다.

잘못된 점은 밝히고
잘한 것은 끝까지 믿어주는
천진난만한 순수한 사람이라 생각한다.

약하고 아픈 자를 보면
도와주고 싶은 마음이 강하다.

성실, 인내, 정직을 최고의 가치로 여기며
그렇게 살아가고 있고

우리 가정의 가훈으로 삼을 만큼
중요시하며 살아가고 있다.
그렇게 살아가지 않는 모습을 볼 때면 마음이 힘들다.

모임의 친구들을 만나는 것이 가장 즐겁고
지금은 노인정에서
나의 벗들과 함께 보내는 것이 즐겁다.

여력이 된다면 좋은 단체에 기부하며
살아가는 것이 행복이고
앞으로도 그렇게 살아가고 싶다.

정직하지 못하고 자기주장만 내세우는 이들을 보면

불편하고 마음이 힘들다.

150살까지 살고 싶었다.
마음만 먹으면, 의지만 있으면
그렇게 살 수 있을 줄 알았다.
그런데 지금은 자신이 없다.

지금은 건강하고 행복하게 살다가
어느 날 한시에 건강하게 생을 다하고 싶다.

나의 벗을 소개합니다

죽마회 한연수를 비롯한 10명의 회원,
쌍둘회 최기용을 비롯한 21명의 회원,
후배 이영태, 이대희, 월수회 이진묵,
장월산악회 회장단 회원 김주덕, 양재영, 조동호,
최길복, 이경철, 이기용
농협산악회 회장단 이대희, 김지은, 이영표, 이병일,
이상빈, 김운종, 최재현, 농협장 정영석, 이재영,
임용식, 심은보, 최영원.

80년 내 인생 동안 동고동락해 온 나의 벗들을
이 자리에서 소개하고 싶다.

내 소중한 이들에게

사랑하는 아내에게

나와 결혼해
지금까지 묵묵히 살아온 당신,
고맙구려.

결혼 초,
어려운 살림 속에서
할 줄도 모르는 일까지 마다하지 않고
열심히 살아준 당신께
이렇게 몇 자 적어 보네.

아들딸 낳아 키우느라 고생 많았지만

그래도 남부럽지 않게 살아온 우리,
벌써 내 나이 여든,
당신 나이 일흔다섯이네.

이 순간,
편지라고 써보는 것도
참으로 오랜만이구려.

눈물이 앞을 가릴 정도로
가물가물해지며 써 내려가는 이 편지가
왠지 모르게 먹먹하네.

이 순간에는

당신에게 잘해주지 못했던 일들만
자꾸 떠오른다오.

어릴 적,
묘판을 머리에 이고
나를 도와주던 일,
내가 동네일을 보느라
많은 사람 밥을 해주고
손님들 식사와 술대접으로
부엌을 떠나지 못했던 당신의 모습도
또렷이 기억나네.

동네 소식을 알릴 때
방송을 하던 당신의 목소리는

사람들로부터
"아나운서 같다"는 말까지 들었지.

참, 그때는
무척이나 어려운 날들이 많았던 것 같소.

그래도 나는
우리가 남보다 잘 살아왔다고 생각하오.

이 모든 것은
당신이 아니면
결코 될 수 없는 일이었지.

좋은 날도 많았지만
힘겨운 시간도 참 많았던 나날들.

앞으로는
영남이와 영인이가
더 잘 살아가리라 믿고,
우리도 더욱 운동 열심히 하며
건강하게 살아갑시다.

내 아내,
정귀숙.
사랑합니다.

아들 영남이와 며느리 선명이에게

우리 사랑하는 아들 영남이,
이쁜 며느리 선명이에게
아버지의 마음을 몇 자 적어 본다.

영남이 너를 낳고
세상에 둘도 없는 우리 아들로 여기며 살아왔다.

너무도 어려운 가정 형편 속에서
겨울이면 방 안에 얼음이 얼 만큼
차가운 방에서 너를 길렀지.

기관지가 약했던 너는
병원 신세를 지며
참 많이 고생했다.

군대를 다녀와
영남이 너는
비록 최고 학부는 아니었지만
전문대학에 진학하게 되었고,
그 사실이 아빠는 참으로 좋았다.

이 모든 것이
너의 신념 속에서 이루어진 일이라
아빠는 그렇게 믿는다.

그 후,
너의 아내 선명이가
귀한 딸로 우리 집에 들어와
사랑스러운 손녀 희연이를 낳아 주었지.

어렵게 자식을 본 너이기에
자식의 소중함을
그 누구보다도 잘 알리라 생각한다.

희연이를
나라에 쓰임새 있는 사람으로
잘 키워주기를 바란다.

그리고 귀한 선명이를 위해
늘 최선을 다하는 남편이 되기를 바라며,
너희 가족이
건강하고 행복한 가정을 이루기를
진심으로 바란다.

내 아들,

내 며느리,

사랑한다.

딸 영인이 사위 형무에게

우리 사랑하는 딸 영인이,
둘도 없는 우리 사위 형무에게
편지를 쓰려하니
마음이 설레는구나.

왜냐하면
너희 둘이 결혼하고
처음 중현이를 보았을 때를 떠올리면
누구도 예상하지 못했던 그 아이를
이만큼 키워왔다는 사실이
참으로 고맙고 대견하기 때문이다.

너희 둘의 정성이 아니었다면
아마도 중현이는
지금처럼 건강하게 자라지 못했을 것이다.

이렇게까지 잘 커주었다는 것이
나는 참 감사하게 생각한다.

앞으로도 최선을 다해
중현이가 갈 길을 찾아주기를 바란다.

또한 수연이가
잘 자라고 있음에
마음 깊이 감사한다.

두 남매의 앞날은
너희들의 마음과 손에 달려 있으니
각자가 잘할 수 있는 길을
지혜롭게 선택할 수 있도록

도와주기를 바란다.

묵묵히 회사 일에 전념하는
우리 사위 형무에게도 고맙다.

가정의 귀감이 되는 사위로서
지금처럼 성실하게 살아가는 모습을
앞으로도 계속 보여주기를 바란다.

앞으로도
우리 딸과 사위의 가정이
건강하고 행복한 가정이 되기를
진심으로 기원한다.

내 딸,

내 사위,

사랑한다.

사랑하는 손자·손녀들에게

너희들이 태어나
할아버지가 얼마나 기쁘고 행복했는지
너희는 아마 다 알지 못할 것이다.

중현이는 건강한 청년으로,
수연이는 대학 입학생으로,
희연이는 고등학생으로,
이렇게 층층이 자라주어
서로를 위할 줄 알고
모르는 것이 있으면 가르쳐 줄 줄 아는
사촌지간으로
잘 지내면 좋겠구나.

할아버지는
너희 세 손자, 손녀가

학교에서 성실하게, 열심히
생활하기를 바란다.

특히 중현이는
자기가 잘하는 것이 무엇인지 찾아
그 일에 매달려
자기 실력에 맞는 일을 하였으면 한다.

할아버지의 욕심이라면,
전에 이야기했듯이
사람들을 이끌 수 있는
리더로 살아가면 좋겠구나.

수연아, 희연아,

너희들도 아빠, 엄마, 선생님 말씀 잘 듣고
공부 열심히 해서
나라에서 큰일을 하는 사람이 되기를 바란다.

우리 손자, 손녀들이
이 나라에서 필요로 하는
귀한 일꾼이 되기를 바란다.

무엇보다도
항상 건강하기를 바란다.

중현아, 수연아, 희연아,
사랑한다.

사랑하는 형제들에게

우리 형님, 형수님.
항상 부모님처럼 대해 주셔서
제가 이 생을 다할 때까지
이 은혜와 고마움을 무엇으로 갚아야 할지
알 수 없습니다.

이 세상이 다할 때까지도
그 고마움을 다 갚을 수는 없을 것 같습니다.

내가 군에 입대해
광주 기갑학교에 들어가 교육받을 때,
그 먼 곳까지 면회를 와 주셨던
형님과 형수님의 모습은
지금도 잊지 못합니다.

군 복무 35개월을 마치고
하루를 더해 전역해 돌아와 보니,
형님은 각 동네 리동조합을 모아
송포 전체를 합병하고
명실공히 송포농협을 창설하신 모습으로
서 계셨습니다.
진심으로 존경합니다.

그리고 사랑하는 동생 한길아
양재 기술을 배워
서울에서 제품 공장을 운영하며
먼지와 씨름하다
폐가 약해져
많이 힘들어하던 동생,
최근에 위험한 고비를 넘겼던 그때를 생각하면
지금도 눈물이 앞을 가린다.

동생, 그리고 제수씨.
지금도 쉬지 않고
열심히 일하는 모습에
고맙고 또 찬사를 보내고 싶네요.

앞으로도 우리 모두
건강하게 또 건강하게
잘 지내기를 바란다.

특별히
우리 생질 재영이 두 내외에게도
이웃에 살면서
자기 할 일을 충실히 해내고
주변 사람들을 살뜰히 챙기며
어른다운 모습을 보여주는 것에

큰 찬사를 보낸다.

모두 고맙습니다.
사랑합니다.

겨울 나, 이한철은 누구인가   127

사랑하는 처가 형제들에게

제일 먼저
고인이 되신 큰처남, 큰처형 두 분의 명복을 빕니다.

둘째 처형을 비롯한 동서분,
항상 형제들이 잘 지낼 수 있도록 챙기며
지금까지 살아오신 오늘에
깊은 감사를 드립니다.

둘째 처남과 외숙모님과 함께
가족애를 생각하며
처가 모임에 늘 적극적으로 동참해 주심에
감사의 말씀을 전합니다.

우리 이쁜 처제,

항상 우리와 함께 살며
희로애락을 같이할 정도로
열심히, 성실하게 살아가는 형준 엄마.

서로 간의 어려운 점을 잘 살펴
해결해 주는 모습에
참으로 고맙게 생각하네.
항상 건강하길 바라네.

그리고 우리 막내 동서,
제일로 이쁜 처제에게도
서로 간의 우애를 잘 지켜 온 두 사람의
복된 가정과 건강을
진심으로 빌어 준다.

끝으로 막내 처남 규범이,
막내임에도 불구하고
집안의 큰 활력소가 되어 준 자랑스러운 막내.

온 집안의 좋고 그름을 분별하며
가족들의 화목을 잘 이끌어 주고
늘 활력을 불어넣어 주는
막내 처남과 막내 외숙모님께
다시 한번 고마운 마음을 전합니다.

올해 팔순을 맞아
함께해 주신 모든 처가 형제분께
이 글로 다시 한번
고맙다는 말을 대신합니다.
사랑합니다.

나 자신, 한철이에게

한철아,
지금까지 잘 산다고 살아왔지만
막상 글로 표현해 보려 하니
정작 할 말이 많지 않구나.

나도 참 고집이 센 것이 문제지.
그러나 고집이 센 만큼
약한 부분도 참 많았지.

잘 살아가는 사람에게서는
배우려고 애를 썼고,
도움이 필요한 사람에게는
배려하며 살아왔다고
스스로는 그렇게 믿으며 살아왔지.

그런데 세상은
그런 마음을 알아주지 않는 일이
참으로 빈번하더구나.

이런 것들을
도무지 참지 못하는
나의 성격.

그 또한 잘못이라 생각하면서도
쉽게 굽히지 못하는 성품이었다.

그래도 지금은
그 성격을 조금씩 고쳐가며
살고 있지 않느냐.

앞으로도
정의 앞에서는 잠들지 않는 사람으로
살아가려 한다.

세상 사람들에게
미안하고,
또 용서를 구한다.

2026년 음력 1월 18일
팔순을 맞는 날에…

부록

소중한 이들을 향한 아내의 편지

사랑하는 나의 남편에게

평생 살아오면서 가장 사랑하고 고마운 분,
바로 당신입니다.
살아오면서 "사랑한다"고 말한 횟수는 많지 않았지만,
당신은 나에게 없어서는 안 될
가장 소중한 사람이에요.

당신은 언제나 가정을 꿋꿋이 지켰고,
솔선수범하며 책임감 있게 살아왔습니다.
젊었을 때나 지금이나,
나에게 당신은 늘 자랑이었어요.

때로는 강한 성격으로
자기 뜻을 밀어붙일 때도 있었지만
그럴 때마다 결국 당신이 옳았음을 깨닫곤 했습니다.

요즘 들어 건강도 걱정되고,
영남이가 사업으로 힘들었던 일까지 겹쳐
많은 고난을 겪었지요.

그 모든 것을 묵묵히 감당하며
현명하게 판단한 당신,
옆에서 충분히 힘이 되어주지 못한
내가 너무나 미안합니다.

이제 남은 생은 서로를 더 깊이 이해하며,
사랑하며 살아가고 싶습니다.

비록 지금은 완전히 함께할 수 없지만,
내 바람은 우리가 주님의 길과
천국의 소망을 함께 걸어가는 것입니다.

당신이 솔선수범하며 청소하고, 빨래하고,
쓰레기를 치우는 모습 하나하나가
나에게는 너무나 값진 삶의 은혜입니다.

당신은 80, 나는 75.
남은 시간은 길지 않지만
서로 손을 맞잡고, 이해와 용서,
사랑으로 살아가며 더 어려운 곳을 돌아보며
함께 잘살아 봅시다.

사랑합니다.
늘 당신 곁에서 함께하는,
당신의 아내, 귀숙이가.

사랑하는 아들 영남이와 며느리 선명이에게

딸 누나를 낳고 아들 너를 낳아보니
또 딸이면 어쩌나 하는 생각에
아들이란 말에 아픈 고통도 모르고
세상을 다 얻은 듯 정말 기뻤다.

큼직큼직한 이목구비, 잘생긴 아빠를 닮은 너를
처음 본 순간 정말 행복했다.

추운 스레트집에서 겨울을 날 때면,
너는 목감기를 달고 살았지.

열이 많이 올라 경기도 하고,
자주 병원 신세를 지며
너를 키운 것 같다.

지금 그때를 생각하니,
이렇게 건강한 것을 보면 고마울 뿐이다.

누나는 욕심이 있다면,
너는 베푸는 것을 좋아하는 후덕한 성품을 가졌고
공부는 그다지 좋아하지 않아
고등학교 졸업 후 회사에 다니는 것이
못내 안쓰러웠다.
군 제대 후 전문대학을 졸업시키고 나니 뿌듯했었다.

그리고 선명이를 아내로 맞아 결혼시키며,
이제는 부모로서 할 일을 다 한 것 같아
그동안 잘 살아왔다고 자부심을 느끼며
가장 큰 행복을 느꼈다.

그런데 아들이
불임이란 청천벽력 같은 말을 들었을 때
얼마나 놀랐는지 지금도 생생하게 기억난다.

감사하게도 의술이 좋아
생각보다 어렵지 않게 힘든 수술을 받으며
시험관 아기 첫 시도에서 희연이를 갖게 되어
정말 하늘에서 별을 딴 듯 기뻤단다.

그런 기쁨도 얼마 가지 않아
사업을 하면서 방황하는 너의 모습을 보며
정말 엄마에게 신앙이 없었다면
어떻게 견뎌냈을까 싶었다.

엄마가 할 수 있는 일은 오직 기도뿐이구나.
너희 가정을 위해 계속 기도할게.

지금은 사업을 정리하고,
너에게 잘 맞는 일을 하며
성실하게 살아가는 너의 모습에 감사하다.

곁에서 많이 힘들었을 텐데,
우리 며느리 고생 많았다.

사랑하는 똑똑한 희연이는
평범한 아이가 아닌 것 같다.

희연이를 잘 키워 어느 곳에 가도
손색없는 훌륭한 아이가 될 거라 믿는다.

하나님의 귀한 자녀로 쓰임 받기를 기도하며,
하나님의 축복을 늘 사모하는 가정이 되길 바란다.

사랑한다. 내 아들, 며느리야.
사랑하는 엄마가.

사랑하는 딸 영인이와 사위 형무에게

아빠와 결혼하여 첫 임신에 실패하고
어렵게 너를 갖고, 힘들게 수혈을 통해 얻었단다.

첫울음이 얼마나 우렁찬지,
울음소리를 들은 모두가 아들이라고 했단다.

우렁찬 울음소리만큼
씩씩하고 야무지고
똑똑하게 잘 자라주었지.

무엇보다도 공부에 욕심이 많아
누구에게도 지는 거 싫어하고
이 엄마 눈에는 어찌 그리 이쁠까 싶다.

학교에 가면 선생님들의 칭찬이 이어지고,
많은 친구를 이끄는 리더십도 있더구나.
그 모습은 아빠를 닮은 것 같아.

엄마가 어려서
피아노를 배우고 싶었던 시절이 있었기에,
너에게 기대를 품고 피아노 학원과 주산학원을
일산으로 보냈단다.

잘 따라주었지만,
힘들게 고생하며 배운 것 같아
때로는 안쓰럽기도 했단다.

중고등학교 시절 공부를 잘해서 대학을 갈 때
마음대로 되지 않아 먼 수원 경기대로 통학하며
새벽에 갔다가 밤늦게 들어올 때가 많아
걱정을 많이 했지만,
끝까지 졸업해 주어 고맙구나.

그리고 우리 사위를 만나려
그 대학에 간 것 같구나.

그때 나는 너를 워낙 믿었기에
선택을 묻지도 따지지도 않고 허락했단다.
정말 잘했지?

지금껏 잘 살아주어서 너무 고마울 뿐이다.

아프게 낳아 건강하게 잘 자라준
중현이가 얼마나 대견한지 모르겠다.

진실하고 묵묵히, 말없이 가정을 지키며
아내를 소중히 여기고
또 앞날을 계획하며 공부하는 사위의 모습이
참으로 고맙구나.

너도 아프고, 어머님도 아프고,
너희 가정을 지키는 것이 힘들 텐데
엄마 아플 때마다 딸이 함께 챙겨주는 마음이
참 고맙다.

내 분신과도 같은 내 딸,
믿음의 동역자인 내 딸이 함께 있어
얼마나 든든한지 모른다.

효성스러운 며느리이자, 지혜로운 아내와 엄마.
내 딸로 끝까지 건강하고
행복한 가정을 이루길 바라며

사랑해 내 딸, 사위.
사랑하는 엄마가.

사랑하는 손주 중현, 수연, 희연이에게

여기까지 건강하게 잘 자라주어서 고맙구나.

무엇보다도 좋은 가정에서
좋은 부모님을 만나 잘 성장하고 있어서
너희들은 참 행복한 아이라는 걸 잊지 말아야 한단다.

중현이는 어려서 약하게 태어나서
이만큼 건강하게 큰 것이
얼마나 대견한지 모른단다.

싸이클 타고 전국 순회하며 임진각에서 만났을 때
정말 할머니는 감격의 눈물을 흘렸단다.

그때의 시간은 잊을 수가 없네.

어느덧 어른이 되어 군대도 잘 다녀오고
무엇을 해야 할지 고민이 많지?

중현이가 잘하고 좋아하는 일로
귀하게 쓰임 받길 기도한다.

그리고 우리 가정의 보배 수연아,
수연이가 좋아하고 잘하는 제과제빵의 길로
우송대에 합격했다니 정말 기쁘구나.

최고의 명장이 되어

주께 영광 올리는 삶을 살기를 기도한다.

무엇보다 하나님을 만나고 교회에 나가게 되어
참으로 기쁘고 대견하다.

그리고 희연아,
이 할머니는 네가 외동이라서 외로울까 걱정했는데,
씩씩하게 잘 지내줘서 고맙구나.

어려서부터 말하는 능력이 있어 보였고,
기도도 너무 잘하고, 말도 예쁘게 잘하여
엄마에게 많은 힘이 되리라 믿는다.

너로 인하여 너희 가정 기쁨이 되길 소망하며
언제나 건강하고 예쁘게
그리고 하나님 잘 믿는 희연이로 성장하길 소망하며
이름처럼 기쁨이 빛나길 할머니가 기도한다.

우리 손자 손녀들이 아름답게
잘 성장하길 소망하며 기도한다.
어디서나 사랑받는 아이들로 자라주렴.

우리 손주들 사랑해.
사랑하는 할머니가.

사랑하는 시댁 형제들에게

아주버님, 형님께
남편의 팔순을 맞아 감사의 마음을 글로 전합니다.

그동안 어려서부터 아버님의 빚을 안고
참 많이 고생하시며
동생들의 부모 역할까지 감당하시고,
지금까지 건강하게 구순을 바라보며 살아오신 것,
진심으로 감사드립니다.

오로지 가정을 살리기 위해
공부며 자신의 삶을 다 내려놓고 살아오신 아주버님,
그 희생과 노고가 있으셨기에
저희 가정은 물론 자녀들의 가정들도
잘 세워진 줄 믿고 감사드립니다.

아버님께서 빚을 남기고 일찍 돌아가시고,
병환 중이신 어머님으로,
집에 살림할 사람이 급해
결혼식도 제대로 못 하셨다는
얘기 들었을 때,
참 마음이 아팠습니다.

그럼에도, 꽃보다 단풍이 곱고 예쁜 것처럼,
일출보다 일몰이 더 아름답듯,
예전에 자식 낳지 못해 8년간 가슴앓이하시다가
뒤늦게 삼남매를 잘 낳아
행복하게 살아가는 모습 보시면 행복하시지요?

삼형제가 같이 자식 낳아 비슷하게 키울 때
힘들었지만 추억도 참 많았습니다.

명절 때, 제사 때,
좁은 방에서 부지런히 음식을 준비하고,
형님이 유일하게 좋아하시는 고스톱도 참 많이 했지요.

우리 삼동서와 정원 엄마, 넷이서 맛집이며 찜질방,
사우나 다니며 놀던 그 시절,
가장 즐거웠던 시간으로 평생 잊지 못합니다.

그런데 나이 들면서
각자 자리에서
바쁜 생활을 하다 보니
함께 하지 못해 늘 죄송합니다.

아주버님과 형님 마음속에는

우리 삼 형제 가정 자녀,
대대손손이 잘 살기만을 바라시는 마음을 잘 압니다.

근검절약을 누구보다 더 절실하게 실천하며
살아오신 두 분 덕분에
저희 가정도 여기까지 잘 살아왔습니다.

두 분이 사시는 날까지 더 건강하시고,
매일 웃을 수 있는 행복한 삶이 되시길
기도합니다.

두 분 서로를 애틋하게 챙기며 사랑하며
늙어가는 것이 아닌 익어가는 모습으로
살아가시는 삶을 사랑하고 존경합니다.

정말 고맙습니다.

남들은 가깝고도 멀게만 느낀다는 동서지만,
나에게는 때론 친구 같고
나이 들어가며 점점 더 내가 많이 의지하는 거 같아.

젊어서부터 생각과 마음이 잘 통해
취미생활 봉사활동 등등 운동도 같이하며
많은 일들을 공동체 안에서 하다 보니
어딜 가든 동서 없으면 안 되는
나의 분신처럼 느껴질 때가 참 많았음을 고백하네.

어려서 일찍 결혼하고 몸 약한 남편과
영일이가 약하게 태어나 가슴앓이 많이 하며 지냈지만,

지금은 서방님도 건강하시고
아들의 가정도
꿋꿋하게 열심히 살아가는 모습을 보며
너무 흐뭇하고 감사하네.

자네에게는 그 누구도 흉내 낼 수 없는
악착같은 근성과 부지런함,
단 한 시간도 헛되이 보내지 않으려는
성실함이 있기에
자녀들도 열심히 잘 사는 거 같아 감사하네.

아이들 어린 시절을 함께 보내며,
자네가 일찍 운전하여 형님과 정원 엄마,
광탄 근교로 맛집을 많이 갔던 그때가 참 그립네.
언젠가 또 그럴 날이 있겠지?

젊어서 힘든 삶이었다 해도,
지금까지도 삶의 현장 속에서
최선을 다해 살아가는 모습, 정말 존경스럽네.

이제 서방님은 칠십 중반을 넘으셨고,
동서도 칠십이 넘은 적은 나이가 아니니,
이제부터는 건강을 위해 쉬엄쉬엄 살아갑세.

늘 가정을 위해 헌신하며 살고 있는
친구 같은 나의 동서 이재애.

나의 동서로 와줘서 고맙고
사랑합니다.

장가 간지가 엊그제 같은데,
벌써 머리에는 어느새 하얀 이슬이 많네.
조카이기에 마냥 어리게만 느껴왔는데,
이제는 같이 늙어간다는 생각이 들어
왠지 마음은 슬프네.

어려서 외가에서 자라서 결혼할 때
삼촌이 내 자식 결혼하는 마냥 좋아했던 그때를
잊을 수 없네.

정원 아빠가 어려서 외롭게 살았는데,
처복이 있는 거 같아 마음이 놓이네.

정원 엄마, 너무도 좋은 규수를 만나

정원이 낳고 열심히 살아가는 모습
정말 감사하네.

아침이면 거의 매일 문안 인사하며 티타임 하며
시시콜콜 많은 이야기 나누는 시간, 고맙네.

4년 전 정원 엄마 암 판정받았을 때,
그 시간이 가장 힘들었을 거라 생각해.

하필 같은 시기에 영인이도 같은 아픔을 겪어서
나도 힘들었는데
지금은 잘 회복하여서
일을 할 수 있는 건강을 주셔서 감사하네.

올 7월이면 5년이 지나 완치 5주년을 맞아
영인이와 축하 자리 마련할게.

삼촌도 지난해 유난히도 아픔을 겪은 해라고 생각되네.
삼촌에게는 유일하게 함께 소통하며
유익한 정보를 나누는 시간이
너무도 소중한 거 같아.

건강을 위해 술은 조금만 마시고,
늘 지금처럼 아내를 사랑하며
가정과 동네에서 누구에게나
분위기 메이커로 살아주게나.

기쁨을 선사하는 우리 조카 양재영,
늘 묵묵히 선한 영향력으로 내조하며

한결같은 마음으로 살아가는 질부 김순애,
늘 건강하고 행복하며 웃음 가득한 가정 되길
응원하며 기도합니다.

많이 많이 사랑합니다.

사랑하는 나의 형제들에게

하늘나라로 먼저 떠난 나의 가장 큰 언니,
저 천국에서 우리의 모습 다 보고 계시지요?
딸 덕분에 잠시 언니를 생각해 봅니다.

언니가 그렇게 예뻐했던 우리 영인이,
딸 다섯 중에 유일한 딸이라는 이유만으로
마치 언니 딸인 듯 사랑하고 아껴주던 모습
잊을 수가 없어요.

우리 가정을 여장부처럼 이끌어갔던 언니,
언니의 자식 종준이, 종국이 지켜주지 못하여
많이 죄송합니다.

얼마 전 종국이가 하늘나라로 갔는데, 만나셨을까요?

일찍 세상을 떠난 종국이를 생각하면 마음이 아픕니다.

둘째 언니, 늘 건강하고 강한 생활력으로
가정을 크게 이루며 사시는 모습, 늘 존경합니다.
형부 건강 때문에 힘드실 때도 있으시겠지만
하나님의 은혜로
형부가 잘 지내시는 걸 보니 얼마나 감사한지 몰라요.

언니도 얼마 전 수술하셨지만,
회복력 빠른 언니 보며
믿음의 가정, 하나님이 지켜주심에
감사함이 절로 올라옵니다.

언제나 우리 형제들의 일을 앞장서서 하시고,

궂은일도 마다하지 않으며 헌신하고,
가족 우애를 다져가는 모습이 참 닮고 싶습니다.

하나님의 은혜 안에서 살아가는 언니네 가정 축복합니다.

내 동생 규선아, 우리 규애랑 셋이서
자취 생활할 때 지금 생각하면 참 고생했지?

가난한 가정 때문에 풍족하게 먹이지 못하고
도시락 못 싸준 것이 마음 아프구나.

그래도 우리 셋은 한 번도 큰소리 내지 않고
서로 우애 있게 잘 지내왔지?

규선이 성품이 워낙 좋고 모범생으로 잘 커줘서
얼마나 자랑스러웠는지 몰라.

결혼해서 많은 아픔과 건강 문제로
몇 차례 수술을 겪었지만,
이제는 예쁜 아내를 만나 서로 의지하며
남은 생 건강하고 행복하게 살길 바란다.
축복한다.

내 동생 규애야, 눈물부터 앞을 가리는구나.
직장 다니며 너로 인해 울기도 많이 했고,
기쁨도 많았단다.

영특한 내 동생이기에,

우리 형편상 고등학교에 갈 수 없었지.

회사에 데려다주고 오는 길에 얼마나 울었는지,
끝내는 못 참고 돌아가
급히 고등학교
내 힘으로 꼭 보내야겠다는 마음으로
편입학시켰을 때의 기쁨,
그 마음을 잊을 수 없단다.

셋이 하나 되어 살다가 결혼을 일찍 하게 되었을 때,
자식을 떼놓고 가는 듯한 마음에 많이 울었지.

그런데 함께 웃으며 지냈던 동생들이 결혼 후
많은 아픔을 겪는 모습을 보며

마음이 많이 아팠단다.

그럼에도, 너희들이 좋은 위치에서
활동하는 모습을 보면 대견하고 뿌듯하단다.

아프지만 말고 건강하게
내 곁에서 오래오래 함께해 주라.

막냇동생 규희야.
막내지만 학교 다닐 때
많은 고생을 하며 다닌 거 알아.

가끔 수색 자취방에 오면 나도 풍족하지 않지만

해주고 싶은 마음에
교복이며 구두를 챙겨줬을 때 얼마나 기뻤는지 몰라.

영인이 영남이 낳았을 때도
많이 도와줘서 참 고마웠던 규희야,
지금은 누구보다도 웅재 아빠 만나
두 아들 잘 키우며,
손주들과 알콩달콩
신혼처럼 살아가는 모습 정말 기쁘구나.

늘 성품이 고와 베푸는 것을 좋아하는
아름다운 내 동생 규희야, 정말 고맙다.

앞으로 건강하고 지금처럼

이쁘고 행복하게 지내길 바라.

막냇동생 규범아,
너는 동생이지만
우리 가정의 맏아들 역할까지 하는 내 동생
정말 고맙구나.

형제들 일이라면 우선으로 생각하고,
열심히 가정을 지키며 사는 모습이 대견할 뿐이다.

옆에서 늘 힘이 되어주는 듬직한 내 동생,
너를 낳았을 때 엄마가 아들 낳았다며
자랑했던 어린 시절이 생각난다.

그리고 소아마비로 죽었다 살아난 기억,
기적같이 살아나
건강하게 누나 곁에 있어 정말 고맙다.

윤진 엄마, 막내로서
부모님을 끝까지 잘 모셔주고 살아줘서
정말 고생 많았고 고맙다.

윤진이 얼마 전 결혼하여 며느리도 보고
정말 기뻤단다.

효진이도 곧 만나길 소망하며
지금처럼 우리 형제,
너희 가정 모두가

건강하고 행복하길 기도한다.

많이 많이 사랑합니다.

에필로그

아빠의 이야기를 이렇게 글로 옮기며
나는 여러 번 멈춰 서서 울어야 했다.

강인함이라 부르기에는 너무 많은 고단함이 있었고,
책임감이라 말하기에는 너무 오랜 세월을
아빠는 홀로 짊어지고 살아오셨다는 것을
비로소 또렷이 보게 되었기 때문이다.

6.25 전쟁 당시, 네 살의 나이로
거동하지 못하던 할머니 곁을
떠나지 않겠다고 했던 아이.

불의를 보면 참지 못했고,
필요하다고 생각되면 반드시 행동했던 사람.

불쌍한 이를 그냥 지나치지 못하고,
고마운 마음은 반드시 표현하며 살아온 사람.

그 사람은 언제나,
그리고 지금도
나의 아빠의 모습이다.

동네를 사랑하여 앞장서 책임졌고,
가족을 위해 한 번도 물러서지 않았으며,
아빠 자신에게는 한없이 인색하면서
주변 사람들에게는 늘 넉넉했던 분.

그 모습은 어린 시절부터 여든이 된 지금까지
조금도 달라지지 않았다.

그러나 아빠는 늘
"내가 해야 한다"는 마음으로 살아오셨다.

그 지나친 책임감이
아빠의 삶을 얼마나 고되게 했는지,
이제야 나는 조금 알 것 같다.

그래서 이 글을 쓰는 동안
눈물을 참아야 하는 순간이 참 많았다.

암 진단으로 걱정을 끼쳐 드린 것이
딸로서 많이 죄송하다.

그래서 더 잘 살겠다고,
더 건강을 지키겠다고
아빠에게 이 자리를 빌려 약속해본다.

마흔 살에 담배를,
예순일곱 살에 술을,
한때의 화투마저
마음먹는 순간 단번에 끊어내는 아빠.

새벽 네 시 운동을 사십 년 가까이 이어왔고,
마라톤 10킬로미터를 십 년 넘게 완주해 온 아빠.

이제는 주치의의 말에 순종해
햇살이 퍼지는 오전에 운동을 나서며
여전히 하루하루를 성실히 살아가고 계신다.

결혼식 날, 신부 입장하며 잡았던
아빠의 손은 어색하고도 낯설었다.

아빠는 늘 존경의 대상이었지만,
가까이하기에는 어려운 분이었다.

하지만 지금은 다르다.

서로를 꼭 안아주고, 자주 전화하며

일상을 나누는 다정한 부녀가 되었다.

용건이 있을 때만 전화하시던 아빠가
이제는 하루의 사소한 이야기까지 들려주신다.

그 모습이 그저 사랑스럽다.

손주들과 "사랑해"를 나누고,
손주들 앞에서는 늘 지갑을 여는 아빠.

자신에게는 검소하고
남에게는 넉넉한,
그래서 더없이 순수한 나의 아빠.

어느새 아빠는 여든이 되었고,
나는 쉰한 살이 되었다.

그런데도 아빠는 여전히 나와 영남이에게
무슨 일이 생길까,
먼저 걱정하고 책임지려 하신다.

이제는 아빠와 엄마,
두 분만 생각하며 조금은 내려놓고 살아가셨으면 한다.

그 마음을,
이 에필로그에 조심스럽게 남겨본다.

지금의 건강과 지혜로 명철한
아빠의 모습 그대로
아름답게 나이 들어가시기를 바란다.

그리고 딸이 믿는 하나님을 아빠도 함께 믿게 되기를,
하나님이 부르시는 그날 천국에서 다시 만나
영원히 함께 살아가기를 간절히 소망한다.

이곳에서뿐 아니라
하늘나라에 가서도 나의 아빠로 만나고 싶다.

혹 역할을 바꿀 수 있다면,
내가 아빠의 엄마가 되어
할머니가 일찍 돌아가셔서

엄마의 사랑이 그립고 부족한 아빠에게
따듯하게 챙겨드리고 사랑해 드리고 싶다.

나는 그만큼 아빠가 참 좋다.

아빠를 많이 닮은 나 자신이,
그래서 더더욱 좋다.